CCTV

104 集大型动画片《孔子》抓帧版系列丛书

# 孔子 ⑲

## 夹谷会盟

青岛出版社
QINGDAO
PUBLISHING HOUSE

国家一级出版社
全国百佳图书出版单位

序

　　历时两年、耗资4000万元的大型动画片《孔子》，经过作家、艺术家、动漫专家、儒学专家们的共同努力，即将正式与广大观众见面，其抓帧版图书亦将同步推出。这是一件可喜可贺的事情。

　　孔子是我国春秋末期伟大的思想家、教育家，是儒家学派的创始人。2000多年来，孔子思想及其儒学在中国乃至世界范围内产生了广泛而持久的影响，早已是世界文化的重要组成部分。进入21世纪，随着中国经济的崛起与中华民族的复兴，世人开始重新审视中国文化。在全球范围内，有越来越多的人士希望从思想上、文化上了解中国，世界各地掀起了汉语热、孔子热、中华文化热。在这样一个大背景下，挖掘中华文化源头中具有生命力的丰富蕴涵，特别是博大精深的孔子思想和儒家文化，让世界了解中国古代先哲的智慧，从而在全球文化的碰撞、整合中提升中国文化的影响力，增强中国的软实力，当然是十分有意义的。同时，加强对我国青少年进行优秀传统文化教育，让年轻一代在学习现代科学文化知识的同时，对中华传统文化有一个全面、正确的理解，以增强民族自信心和自豪感，从精神上丰富自己，从学识上武装自己，成为传统文化的继承者、先进文化的创造者和社会主义和谐社会的建设者，也是摆在我们面前的一项重大而紧迫的任务。

　　正是基于这些考虑，中共山东省委宣传部、中国孔子基金会、山东省广播电影电视局、深圳景德影视传媒有限公司、中央电视台联合推出了大型动画片《孔子》。

　　动画片《孔子》的创作坚持思想性、历史性、艺术性、趣味性并重的原则，旨在通过现代传播手段，以青少年喜闻乐见的动漫形式，再现2000多年前孔子的成长历程以及儒家文化的历史渊源。在创作过程中，我们以历史资料为依据，尽量剥去附庸在孔子身上的功利性的色彩，力求还原孔子的本来面貌和真实思想。在这种指导思想下完成制作的动画片，讲述了孔子如何从一个贫贱少年成长为万世师表的励志故事，将一个活泼、博学、幽默、亲切而严谨的孔子形象呈现在观众和读者面前，很好地实现了博大精深的传统文化与青少年最喜欢的动漫的对接，必将推动孔子思想走入千家万户，走向世界，走入青少年的心中。可以说，动画片《孔子》及其抓帧版图书的推出功在当代，利在千秋。

　　无论是研究还是传播孔子思想，都要以中国特色社会主义理论为指导，要用辩证唯物主义与历史唯物主义的观点来认真对待祖先留给我们的宝贵财富。对孔子思想中一切好的东西，我们都要很好地继承，很好地传播。如"为政以德，譬如北辰，居其所而众星共之"、"其身正，不令而行；其身不正，虽令不从"、"己欲立而立人，己欲达而达人"、"己所不欲，勿施于人"、"言忠信，行笃敬"、"德不孤，必有邻"等等，这些2000多年前的话语充满了人生智慧，今天我们读来仍倍受启迪。但是，由于时代的局限，孔子思想中也有一些不合时宜的东西。我们对待传统文化必须采取"扬弃"的辩证态度，取其精华，去其糟粕，从中汲取积极的因素，为构建社会主义和谐社会服务。只有这样，我们才能将传统文化发扬光大。

　　值得一提的是，该片的制作，因初衷的相同，获得了韩国著名企业好丽友食品公司的支持，这充分说明孔子思想在国际上有深远的影响。

　　借动画片《孔子》开播和抓帧版图书出版的机会，说了上面这些话，是为序。

中国孔子基金会 会长 韩喜凯

2009年9月8日

# 主要人物介绍

## 皮休

皮休 原是鲁国太庙墙上可爱的吉祥神兽——貔貅，幼时在尼山出现，机缘巧合之下被小孔丘救下，从此追随孔丘。如今它待在孔府的墙上，拥有把现代人带到两千多年前的孔子时代的能力。

## 孔丘

孔丘 字仲尼，春秋时期鲁国人，生于公元前551年。3岁丧父，家境贫寒，与母亲颜氏相依为命。他是一个非常有志气的孩子，聪慧多思，乐观坚强，生长于逆境而胸怀鸿鹄之志，遭逢乱世而始终抱持高洁理想，最终通过自身的努力成长为中国古代最伟大的思想家、教育家——孔子。

## 齐景公

齐景公 春秋后期齐国国君。他既壮怀激烈，一心想要使齐国强盛，却又贪图享乐。与此对应，他身边的大臣中有一批是治国之臣，另有一批则是乐身之臣。

## 子路

子路 名为仲由，子路是他的字。他是孔子的得意门生，以擅长政事见称。为人直率鲁莽，好勇力，事亲至孝。他发自内心地追随孔子，是孔子众弟子中个性最鲜明的一个。

## 鲁定公

鲁定公 即鲁昭公之子姬宋，为春秋时期鲁国第二十五任君主，在位十五年（前509—前495）。他在位期间，曾于公元前500年在孔子的陪同下参加齐鲁"夹谷之会"。

## 柳下惠

柳下惠（前720—前621）即春秋时期鲁国大夫展禽。"柳下"是他的食邑，"惠"是他的谥号，所以后人称他为"柳下惠"。他做过鲁国大夫，后来隐遁，成为"逸民"。柳下惠被认为是遵守中国传统道德的典范，他"坐怀不乱"的故事两千年来广为传颂。

## 犁弥

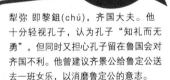

犁弥 即黎鉏(chú)，齐国大夫。他十分轻视孔子，认为孔子"知礼而无勇"，但同时又担心孔子留在鲁国会对齐国不利。他曾建议齐景公给鲁定公送去一班女乐，以消磨鲁定公的意志。

# 第 60 集　嫠(lí)妇

国学常识有奖问答

按照孔子的说法，春秋时期的柳下惠称得上是一个"仁者"吗？为什么？

大雨倾盆，一道闪电划破夜空。

当时寒风呼啸，大雪纷飞。

柳下惠穿着一件棉袍，仍觉寒冷不堪，只得在城门洞里来回走动。

这时，一个衣裙单薄的年轻妇女双手抱着胳膊，瑟瑟发抖地走来了。

好心的柳下惠上前与她打招呼。

阿嚏!!

不不，先生，你不穿棉袍会冻死的。

那位夫人冻死了吗？

只有一件棉袍，却有两个人要穿，你们说该怎么办？

10

没有。

那就是柳下惠冻死了!

也没有。

事情是这样的……

大雪依然纷纷扬扬地下着。

城门洞中,那位年轻妇女趴在柳下惠腿上睡着了。柳下惠将袍子整个儿盖在了她的身上。

11

就这样，直到天亮。

柳下惠与那妇人同坐一夜，却没做违反礼节的事。

这就叫"坐怀不乱"。

孔丘府中，皮休在屋里转来转去。

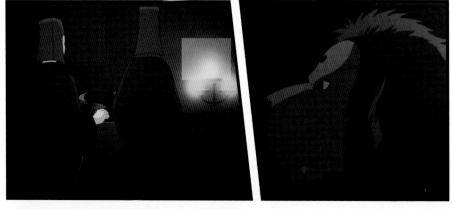

我要来个瓮中捉鳖。
看你往哪儿跑！

哎哟~

冉会、冉猛家中，冉会弯腰点亮了油灯。

屋子开始漏雨了。

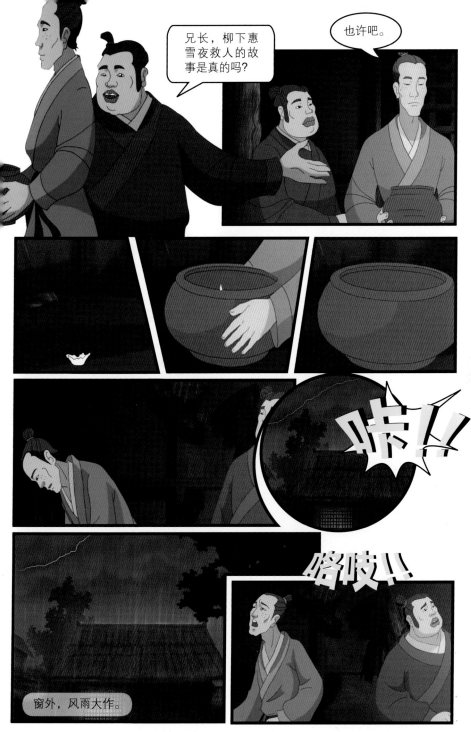

轰隆！！

突然，有人敲门。

咚咚

是——谁？

我是你们的邻居，刚
才屋子塌了，求你们
收留我一晚吧。

也会坏了我们的名声！

隔壁的嫠(lí)妇？

对，就是那个寡妇。

嫠妇，你半夜到我们屋里来，会坏了你的名声。

我只是来借宿一晚。你们没听说过柳下惠的故事吗？

她知道柳下惠！

可我们不是圣人。人家会说我们趁人之危，占嫠妇的便宜。

我去请教一下司寇大人吧。

你一开门，她就会进来的。

商羊！

小商羊，来得正好！

不会吧？鹞鸟又来了！

嗨，原来是小商羊啊！

啊

有"冉"字的腰牌？是冉氏兄弟让你来的吗，小商羊？

啾啾！

皮休决定带上阿仁随小商羊到冉家看看。

发生什么事了？

你们商量好了没有？可不可以收留我一个晚上？

兄长！

事到如今，我只有出绝招了！

# 第 61 集　莱人

国学常识有奖问答

莱国是春秋时期的诸侯国。你知道莱国的领地在今天的哪个省吗?

齐国将军犁弥率领军队来到一片茂密的森林中。

这是什么地方？怎么这么安静……

什么人？

大人请看。

不得无礼，我是齐国将军犁弥！

齐国人？到莱国干什么？

莱国？莱国已经被我齐国灭了。

我们已被你们逼入了山林，你们还不肯罢休吗？

34

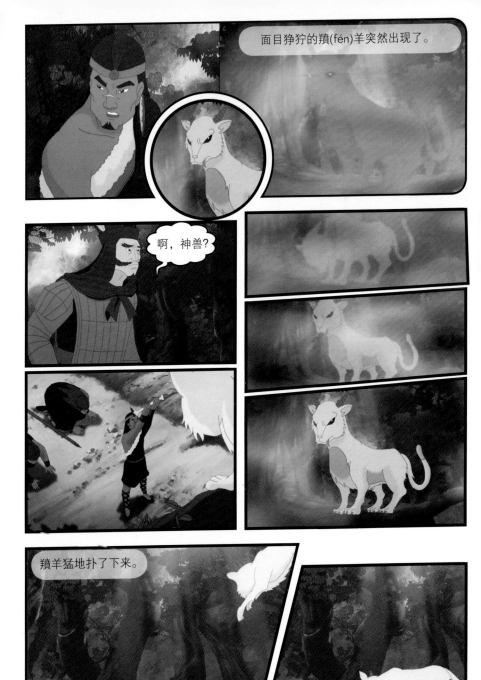

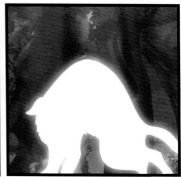

嗷！！

羱羊抢到骨头后就跳上树枝消失了。

快撤！太可怕了……

齐国王宫内，齐景公在沉思默想。

犁弥将军那边有消息吗？

陛下，犁弥大人说是今日必回。

陛下，晏府来报，说晏婴大人恐怕快不行了……

什么？速备车马，前去晏婴家！对了，犁弥回来后让他也去。

遵命。

齐景公来到了晏婴府中。

爱卿，你还好吗？我们就要和鲁国在夹谷会盟了。

国君，犁弥将军回来了。

快让他进来。

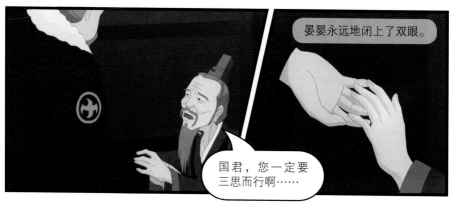

晏婴永远地闭上了双眼。

国君，您一定要三思而行啊……

孔丘立于鲁国国都曲阜郊外的原野上。

子贡，颜回！

别说了，先生已经知道了。唉，晏婴大人一直非常尊敬先生……

齐国占据着鲁国的汶阳之田。晏婴大人主政齐国，他如果真的尊敬先生，那为什么不归还那些土地呢？

齐国的晏婴大人去世了。

照您这么说，现在情况不是更糟糕了吗？我们是不是要做一些准备才好？

不要胡言乱语。如果没有晏婴大人，鲁齐两国只会出现更多的争端。

嗯。静观其变，做好准备吧。

鲁国王宫内，鲁定公在与孔丘、季氏议事。

齐侯约寡人会盟，地点选在了夹谷。两位爱卿，夹谷可是在齐国境内啊！

44

季氏，你觉得我们该如何应对？

臣这几天身体不舒服，不如请教司寇大人。

国君如果不去，齐国会以为我们势弱可欺。臣以为当去。

司寇大人精通礼仪，可以担任盟会的相礼。臣身体病弱，只能留在鲁国了。

臣听说，有文事者必有武备，有武事者必有文备。臣建议国君带上军队。

此去夹谷会盟，青石关是天然屏障。那里路滑道窄，加上近来天气不好，武备难啊……

可万一齐国用强，我们该怎么办呢？

这我已想到了，国君和季氏大人不必担心。

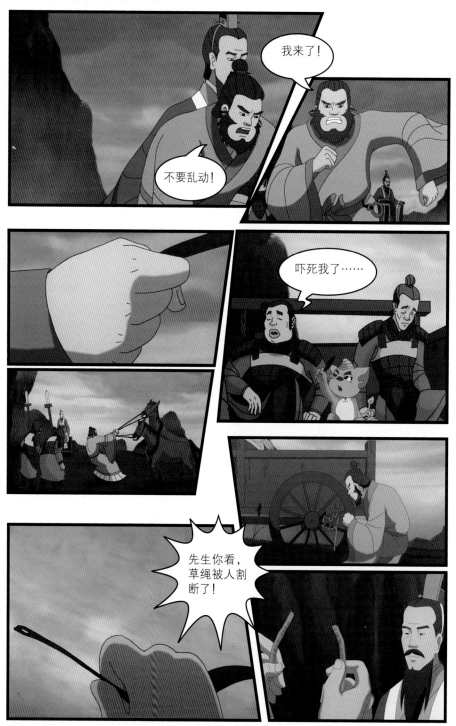

鲁军来到了险要的青石关。

看来，有人想要在这里伏击我们。叫大家小心，一定要保护好国君！

啾啾！！

小商羊，你见过这样的羽毛吗？真奇怪！

走，我们出去看看有没有什么线索。

皮休在马车上捡到了一根奇特的羽毛。

皮休带着小商羊来到了附近的山林中。

莱人在拜祭他们心目中的神兽。

莱人把他们世代相传的宝物——一只能够通灵的蛋壳陶杯献给了羵(fén)羊。

神兽，请享用。

啊，羰羊？！

噢！

听着，如果这次行动成功，我们莱人就能重新赢得世人的尊重！

羰羊吃饱后就消失在了峡谷中。

不好，被发现了，快跑！

放箭！别让他跑了！

# 第 62 集　会盟

国学常识有奖问答

春秋时期，诸侯会盟有一系列礼仪。请问：会盟时为什么要将盟书埋于地下？

皮休带着小商羊逃命……

嗖嗖

夹谷，齐国国君的驻地灯火通明。

齐景公召见了将军犁弥。

犁弥将军，鲁国人到了吗？

回禀国君，他们带着军队，刚刚来到夹谷。

军队？你不是说他们来不了吗？

是臣大意了。但国君不必担心，臣另有计策对付他们……

鲁定公和孔丘一行来到了夹谷。

司寇大人在里面吗？

嗯。司寇大人正在向国君讲解会盟礼仪。

什么礼仪？

别瞎问了，回营地巡逻去！

两国诸侯相聚，叫做"会"。

一种叫衣裳之会，指两国诸侯和平相见；另一种叫兵车之会，指双方都带着军队。

寡人这次带着军队，那应该就是兵车之会了。

是的。至于"盟"，有一系列礼仪。首先割牛的左耳，取牛血，读盟书；再把盟书埋于地下，以表对上天诚信。

那什么是所谓的"执牛耳"呢？

就是主盟国有端着牛耳朵的权利，这被视为主盟国地位的标志。

这么说，明天将由齐国执牛耳了？

不错。但臣以为，齐国不会仅仅满足于此，一定还有别的图谋。

啊？那我们该怎么办呢？

不管发生什么，请国君万勿惊慌，一切由臣来安排。

好。请您做这次会盟的相礼，的确是最好的选择。

一根穿了孔的羽毛？

皮休拿着那根羽毛去找子路。

嗯。

谁会佩戴羽毛呢？野人吗？

子路大人，不好了！您快到营地看看吧！

出来！

放下武器！

嗷

咣当

子路大人，有野人！

不要惊慌。你们两个，跟我来！

真倒霉！竟然被发现了……

再说一遍：我不是野人！

啊？

子路来也！

看我的！

啊

子路把"野人"带去见孔丘。

会盟马上就要开始了。

会盟现在开始!

擂鼓!

咚,咚咚

请两位国君登上会盟台。

齐君请。

鲁君也请。

齐强鲁弱,我得处处小心才是。

你们准备好了吗？过一会儿好戏就上演了！

要给鲁国人一个下马威！

怎么，改主意了？别忘了，事成之后，我国国君会给你们很多赏赐的。

我们莱人不在乎齐国的赏赐！

哈哈，我知道了。你们是害怕了吧？难怪你们被人瞧不起。

谁害怕了？我们莱人个个都是勇士！你等着瞧吧！

跳舞？有本事就从我身上踩过去！

哇呀呀！

各位听我说！

# 第 63 集　司寇

国学常识有奖问答

春秋时期，诸侯国结盟时总要歃(shà)血为盟。你知道"歃血"是什么意思吗？

莱人与子路率领的鲁国兵士相持不下。

老天，可千万不要打起来啊！

哼，我倒要看看这个孔丘怎么收场。

犁弥走上台去，对两位国君行礼。

为了两国的利益，请两位国君歃(shà)血为盟！

嗯，我们还是早些缔结盟书吧。

好。

孔丘跟随鲁定公会盟去了，皮休被留在营地里。

到底怎样才能救出小商羊呢？

要是我像莱人那样，吃了这根骨头就能长力气，那就太好了。

嗯，我试一试！

哎哟，真硬，硌(gè)死我啦！

咔嚓

嗯，什么气味？

78

哈哈，是饴(yí)糖！饴糖加蜂蜜，还是这样的东西好吃呀。

讨厌的蜜蜂，不要和我抢好东西吃！

可我吃了饴蜜，还是打不过羵(fén)羊，怎么办呢……

真好吃啊！

啊，我有办法了！

皮休想借助蜜蜂打败羚羊。

皮休把饴蜜倒进牛骨的空洞中。

皮休举着牛骨跑到一棵大树下，把牛骨竖着靠在树干上。

许多蜜蜂围着大牛骨飞，逐渐钻进了大牛骨里。

嗡嗡——

哈哈，这个主意真不错！

皮休抓起一团泥巴，小心地将大牛骨的缺口封住。

从此以后，齐鲁两国结为同盟，如有违反，必受天谴(qiǎn)。

把盟书埋于地下，盟约即可完成。

慢！盟书上还要加一条：齐国如果出兵征战，鲁国要派三百辆兵车跟从！

什么？以后齐国打仗，还要我鲁国派兵？你们怎么能擅自修改盟书呢？

怎么，鲁君是想违约吗？

鲁国不会违约。只是我们鲁国也要在盟约上加上一条。

齐国归还占据鲁国的汶阳之田。如果齐君不同意，那也是违约。

唉，又被孔丘占了上风。

既然齐国临时修改了盟约，那我们也可如此。齐君您不反对吧？

犁弥，这就是你的第二个计策吗？

国君息怒，臣还有最后一个办法！

国君，会盟完毕，我们该告辞了。

嗯。

且慢！齐君准备了宴席款待鲁君，请鲁君用过以后再走吧。

哦？

设什么宴？我怎么不知道？

臣已经安排好了。先把他们留下，就有办法让他们屈服。

齐君，齐鲁两国的传统礼节，您难道不明白吗？会盟已经结束，何必再设什么宴会呢？

孔丘，你别不识抬举！这可是我们国君的一片盛情。

羰羊，快把小商羊交出来！

这么听话？哈哈，果然是怕了我了！

你敢耍我？让你见识一下我皮休的厉害！

嘭

不好！

还好，没摔着小商羊！

羵羊被皮休打得晕头转向，手中的布袋脱落了。

咚！

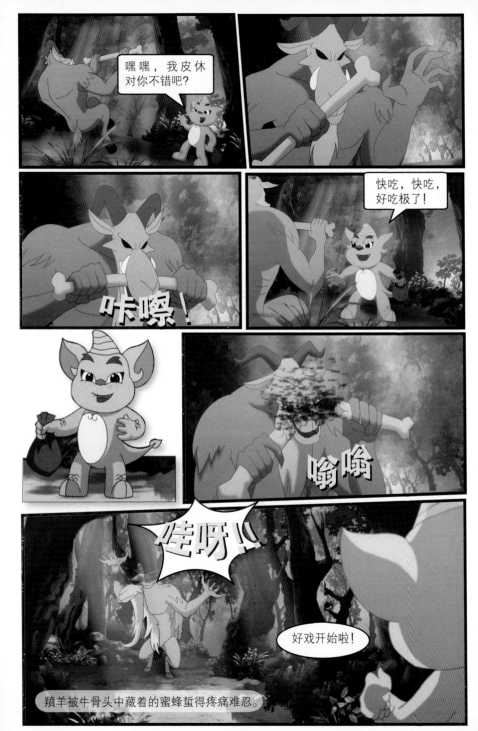

嘿嘿，我皮休对你不错吧？

快吃，快吃，好吃极了！

咔嚓！

嗡嗡

哇呀！

好戏开始啦！

�羊被牛骨头中藏着的蜜蜂蜇得疼痛难忍。

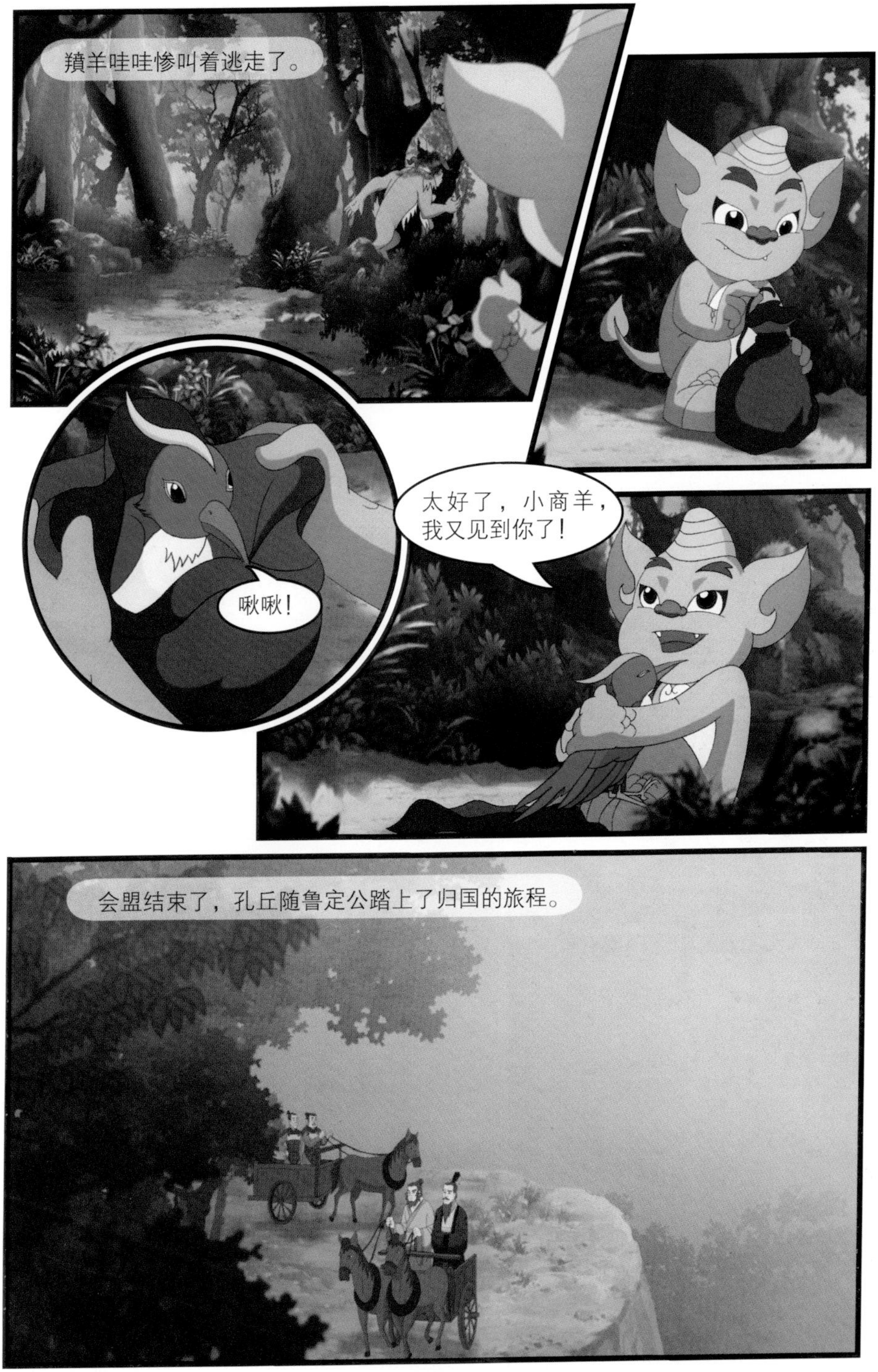
羵羊哇哇惨叫着逃走了。
啾啾！
太好了，小商羊，我又见到你了！
会盟结束了，孔丘随鲁定公踏上了归国的旅程。

孔丘先生，我们莱人佩服您，今天特意来为您送行。

快请起。

先生，虽然我们的国家被齐国灭了，我们只能逃进深山，但我们不是什么都不懂的野人。

我知道。

再见——

回到家后，我可得好好跟兰花姐姐说说这段经历。

羱羊手中拿着那只蛋壳陶杯藏在孔丘的车厢底下……